LIGUGÉENNES.

POÉSIES

DE

JACQUES DURAND

PUBLIÉES PAR

THÉODORE VÉRON

Les Deux Muses.   Le Chant du Chauffeur.
Soupir.   A la Vallée de Ligugé.
La Poule.   La Vraie Gloire.

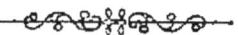

PARIS

Ve CHARPENTIER, LIBRAIRE-ÉDITEUR
Galerie d'Orléans, 16

1854

LES LIGUGÉENNES.

POÉSIES

DE

JACQUES DURAND

PUBLIÉES PAR

THÉODORE VÉRON

éditeur.

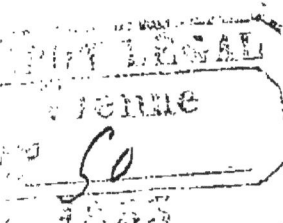

POITIERS,

IMPRIMERIE DE N. BERNARD, RUE DE LA MAIRIE, 5.

1853

A LA MÉMOIRE DE MON BIEN-AIMÉ FRÈRE GEORGES.

— A toi, mon cher frère, les essais de ma pauvre muse campagnarde, à toi les effluves et les soupirs de mon cœur déjà ulcéré ! Puisses-tu, du haut des régions harmonieuses où ton âme chante un divin concert, puisses-tu verser à la plume de ton frère des pensées utiles et généreuses ! Puisses-tu l'inspirer pour l'œuvre de la transformation du monde où tu succombas martyr de ta vocation.

— Pardonne-moi, mon cher Georges, les instants de découragement où me plonge la lenteur du progrès ; ah ! soutiens mes pas tremblants dans cette voie rude et épineuse où je m'appuie sur le bâton que tu m'as abandonné au milieu du voyage. Ton ombre rêveuse plane-t-elle sur les erreurs de ce bas monde et sur les actions de ta famille ?

— Surveilles-tu les efforts de notre travail quotidien ?

— Ah ! tu dois approuver l'énergique résolution que

m'inspira ton bon conseil! — Oui, frère, ma conscience est heureuse de satisfaire à mes devoirs de fils, d'aider notre chère famille dans son âpre labeur dont les fruits rayonnent autour d'elle. — Car, tu me l'as dit mille fois : la religion aujourd'hui est-elle ailleurs que dans la famille qui, à son tour, a charge de fraternité envers la grande famille humaine? — Dieu m'est témoin que si je livre à la publicité ces intimités morales et intellectuelles, ce n'est point pour satisfaire à une vanité, car il n'y a pas lieu ; mais, c'est pour offrir un exemple salutaire aux pauvres amants de la muse. — Ainsi, frère, au lieu de chercher les honneurs et les succès, ne vaut-il pas mieux exhaler quelques modestes chants pendant les loisirs que veut bien nous accorder notre agriculture ou notre industrie? — Ne vaut-il pas mieux, en observateur sérieux, jeter une note franche au milieu de la grande *symphonie sociale*, que de vouer au silence et conserver en son cœur timide tout ce qui peut être utile à nos semblables?

— Daigne-donc, ô mon cher Georges, abaisser de tes limbes un regard bienveillant sur ces pauvres rimes ligugéennes, et diriger leur vol en ce monde!......

JACQUES DURAND.

Ligugé, 1853.

LES DEUX MUSES.

I.

LA MUSE DU MONDE.

O ! quoique tu ne sois sylphide,
Ma muse habitante des champs,
Prends ton vol de ta thébaïde,
Porte à Paris ces faibles chants.

Va dire au malheureux qui pleure :
« Le bonheur fuit l'ambition. »
Mais, si son vol de feu l'effleure,
Plains-le ce nouvel Ixion !

Meurtri sur sa roue, ou sa claie,
Son génie, en proie aux douleurs,
Fera de son cœur une plaie,
De ses yeux la source des pleurs.

Qu'il soit savant, peintre ou poète,
Ou qu'il joue un rôle en l'État,
Il doit, sur sa vaillante tête,
Coiffer le casque du soldat.

Toujours, sur le champ de bataille,

Sa pensée à la cotte d'or,
Bravant l'envie, autre mitraille,
Poursuivra son vol de condor;

Ne craignant ni balle ni flèche,
S'enveloppant de son drapeau,
Il ne mourra que sur la brèche;
La gloire ornera son tombeau.

II.

LA MUSE DES CHAMPS.

Mais, la gloire! cette fumée,
Ne vaut pas autant de tourments :
Reste auprès de ta bien-aimée,
Le bonheur n'est qu'aux vrais amants.

Rappelle-toi Chloé, Lydie,
Aux regards, aux fronts langoureux,
Faisant jaillir la mélodie
Au grand luth d'Horace amoureux.

Choisis donc un Tibur plein d'ombre
Où les chênes soient toujours verts,
Et, loin du monde où le cœur sombre,
Remplis d'amour tes jeunes vers.

Ah! souviens-toi que la Voulzie
Nous aurait conservé Moreau,

Si sa nomade poésie
N'avait abandonné Sureau.

O toi! rêveur, sois donc plus sage !
Au vallon d'arbres ombragé,
A la nature rends hommage,
Inspire-toi dans Ligugé.

1853.

—

SAINT MARTIN A LIGUCÉ.

LÉGENDE.

Esprit souffrant, cœur affligé,
Ame malade où douleur gronde,
Venez chercher à Ligugé
Un port tranquille, loin du monde.

Au milieu des fleurs et des fruits,
Le Clain rêveur coule et murmure.
On entend, les jours et les nuits,
L'orchestre ailé de la nature.

. . . .

C'est la vallée où saint Martin,
Las du service militaire,
Vint chercher un meilleur destin,
Honteux du crime de la guerre.

Martin avait donc médité
Que, faux honneur et faux courage,
La guerre, pour l'humanité,
Est le fléau le plus sauvage.
Or, accusé de lâcheté
Et de déserter la carrière,
Il s'élance avec fermeté
Un des premiers sous la bannière.

Obtenant, réhabilité,
Pour prix du sang de sa victoire,
Un grand trésor : la liberté !
Il va chercher une autre gloire....
Pour lui, l'amour seul du prochain
Efface toute barbarie ;
Sa famille est le genre humain,
Le monde entier est sa patrie.

En chevauchant, le beau guerrier
Voit un pauvre pris de froidure :
Halte ! et, pendant que son coursier
Flaire la triste créature,
Du glaive il coupe son manteau,
Qui laisse briller sa cuirasse,
Puis du drap il coupe un lambeau
Au pauvre nu que le froid glace.

Comme le bon Samaritain,
Plus loin il guérit la blessure

D'un malade que de sa main
Il mène au pas sur sa monture,
Et, vers un gîte au prompt secours,
Il dit : Soignez bien votre frère ;
Dieu bénit l'âtre et les longs jours
De qui soulage la misère.

Sandale aux pieds, et le dos ceint
De peau de chèvre pour chlamyde,
A Ligugé, le nouveau saint
fixa sa belle thébaïde ;
Avec des joncs et de l'osier
Entrelacés sur des platanes,
Le chèvrefeuille et le rosier
Se transformèrent en cabanes.

Et là, tout plein d'humilité,
Dans le jeûne et dans la prière,
Il enseigna l'égalité
Et les devoirs du frère au frère.
Près de l'ermite généreux
Accoururent des cœurs d'élite ;
Sa doctrine fit des heureux
Et gagna plus d'un prosélyte.

Mais les honneurs, hélas ! un jour,
Durent s'abattre sur sa tête,
Il fallut quitter son séjour,
Sortir de sa douce retraite.

Hilaire vint et, sans détours,
lui dit : « Dieu bénit ta parole,
» Il te fait le pasteur de Tours,
» Te voici la mitre et l'étole. »

Oh ! bien souvent, dans les grandeurs,
Il dut regretter sa vallée,
Sa tonnelle où les fruits, les fleurs
Pendaient en grappe échevelée.

. . . .

Sa mémoire encore en ce lieu
Est toujours chère et vénérée,
Et du bon saint, comme de Dieu,
La douce image est adorée.

Esprit souffrant, cœur affligé,
Ame malade où douleur gronde,
Venez chercher à Ligugé
Un port tranquille, loin du monde.

Ligugé, 1852.

___

SOUPIR.

A DES CAPTIFS.

> Je n'ai flatté que l'infortune.
> BÉRANGER.

— Ainsi qu'une pauvre hirondelle,
Voltigeant aux sombres vitraux,

Rase le mur et, d'un coup d'aile,
Entre vous voir par les barreaux,

— Toujours pour charmer la souffrance,
La messagère des cachots
Vient jeter un cri d'espérance
Aux cœurs tout gonflés de sanglots.

Ainsi, toujours mon âme vole
A travers grille et cachot noir,
Pour chanter le mot qui console,
Pour vous sourire et pour vous voir...

. . . .

Mais, hélas! pauvres frères d'âme,
Apôtres de fraternité!
Puisqu'en vain ma voix vous réclame
En invoquant la liberté;

Puisque l'existence flétrie
Ne s'abreuve plus que de fiel,
Pour vous, s'il n'est plus de patrie...
Mon âme veut voler au ciel !!...

. . . .

25 juillet 1848.

Salle des Girondins, à la Conciergerie.

EN VOYAGE.

A UNE MÈRE PRÈS DE SA FILLE MALADE.

Bonne mère, aimez bien votre fille chérie :
De sa cruelle toux apaisez la douleur,
Par vos soins maternels elle sera guérie,
Et, belle, renaîtra comme une rose en fleur.

Route de Niort, 1853.

—

AUX BOIS.

> Choisissez une vierge éclose
> Parmi les lis de vos vallons.
> LAMARTINE.

Allez, allez rêver aux bois,
Sur la mousse et sur les fougères,
Au concert des naïves voix
Des rossignols et des bergères !...

Quand, dès le lever du soleil,
La fleur étincelle arrosée
Des rayons du disque vermeil
Qui diamantent la rosée,
A travers perles et chatons,
Rubis aux facettes de braise,

Choisissez ces rouges boutons
Répandant leur parfum de fraise.
    Allez, allez rêver, etc.

Couples d'amants, c'est le matin
Qu'il faut dresser sur la verdure,
Sur le serpolet et le thym,
Un frais autel pour Épicure.
Oui, c'est sur l'herbe et le gazon,
Ou sur un tapis de bruyère,
Qu'à votre amoureux diapason
Doit s'exhaler votre prière.
    Allez, allez rêver, etc.

Vous, ne craignez plus les satyres,
Les Sylvains, les Faunes moqueurs :
De guirlandes ornez vos lyres,
Faites-les vibrer sur vos cœurs.
Chantez donc à l'ombre des chênes,
Poètes aux fronts ceints de fleurs ;
Chantez l'amour, ses douces chaînes,
Bannissez les chagrins, les pleurs.
    Allez, allez rêver, etc.

Vous, jeunes filles au cœur tendre,
Rêveuses, le sein palpitant,
Sous les bouleaux allez entendre
Sainte promesse, amour constant.
Égrenez bien votre jeunesse,

C'est l'écrin de vos plus beaux jours;
Avant l'hiver et la vieillesse,
Tressez de perles vos amours.

    Allez, allez rêver, etc.

Nous tous, humains qui sur la terre
Cheminons, tristes voyageurs,
Avant que le prêtre n'enterre
Nos corps lassés, nos maux, nos pleurs,
Au sein d'un ange, d'une femme,
Et, sous les arbres reverdis,
Épanchons bien souvent notre âme :
C'est ici-bas le paradis.....

    Allez, allez rêver, etc.

Ligugé, 1853.

ÉCRIT DANS UNE GROTTE, A GIVRAY.

Bon philosophe, en flattant ta marotte,
Cherche toujours et le juste et le vrai....
Fuis les méchants, et viens dans cette grotte
Te recueillir sous le ciel de Givray.

1853.

A L'OMBRE DE PRADIER.

I.

Pardonne à mon indifférence,
Artiste au fertile cerveau,
Genevois qui peuplas la France
Des merveilles de ton ciseau ;
Pardon, si, loin de ta tutèle,
J'ai voulu frayer mon chemin.....
Pourtant! toi, nouveau Praxitèle,
Souvent tu m'as tendu la main....
Toujours à ta sœur, la peinture,
Tu donnas pour type l'amour :
Tu fis briller dans ta sculpture
La forme sous son plus beau jour.
Le marbre s'animait naguère
Au souffle inspiré de ton cœur,
Et toujours la muse légère
Enflammait ton burin vainqueur.
Pieux Hellène, à ton aurore,
T'inspirant aux dieux inconnus,
Tu recréas Phryné, Pandore,
Et la Callipige Vénus....
Paris, cette cité si fière
De ses monuments, ses héros,
Admire Phidias, Molière,
Sortis de tes blocs de Paros.

C'est surtout Vénus-Aphrodite
Qui te prodigua tous ses dons ;
La volupté frémit, palpite
Dans ton œuvre aux doux abandons.

. . . .

II.

— Et, maintenant, tendre génie,
Que fais-tu sur le sombre bord ?
Pour toi, quelle heureuse agonie,
Quelle brillante et belle mort !
Sans les préjugés, les entraves
De notre monde d'ici-bas,
A côté de gloires plus graves,
Tu revis, grâce à ton trépas.
Hellé t'accueille, et sur ta tête
Les muses posent le laurier ;
Ta bienvenue est une fête :
L'art grec a couronné Pradier.

1853.

AUX TÊTES BLONDES.

I.

Lorsque le matin, dès l'aurore,
Le soleil, de ses chauds rayons,

Étincelle, réchauffe et dore
Les champs aux fertiles sillons,

Allez voir les plaines fleuries,
Barioler leurs corsets verts ;
Voyez naître dans les prairies
La mosaïque aux tons divers.

Les marguerites, les jonquilles,
Et les rutilants boutons d'or
Vous étalent, petites filles,
Leurs diamants, perles, trésor.

A midi, vous ferez des gerbes,
Chers enfants aux roses couleurs ;
Mais, en foulant les hautes herbes,
Craignez le serpent sous les fleurs !...

Allez, mes belles têtes blondes,
Vider corbeilles, tabliers,
Et former de joyeuses rondes
Sous les verdoyants peupliers.

Petits enfants, votre bel âge
Vous invite sur le gazon :
Dansez, chantez, craignez l'orage
Qui pourrait poindre à l'horizon.

Après vos jeux sur la pelouse,
Servons les fruits, le lait, le pain,

2

Robes, habits, velours ou blouse,
Côte à côte, main dans la main.

Et s'il passe auprès de la fête
Un malheureux ayant grand faim,
Dites-lui : « Viens, ta place est prête,
Viens partager notre festin. »

Soulagez toujours la misère....
C'est la loi d'un cœur fraternel :
La charité ! c'est le rosaire
Qui plaît le plus à l'Éternel.

II.

Puisque la dinette est finie,
Mère, un baiser sur chaque front :
Enfants, la candeur est bénie,
Sur vous les anges veilleront.

C'est bien ! sur la table odorante
Le pauvre a goûté votre miel ;
Il part, et, la tête branlante,
Il se signe en mirant le ciel.

Ligugé, 1852.

FEUILLES MORTES.

Comme au souffle aigu des autans,
On voit s'envoler le feuillage,
L'illusion, qui n'a plus de printemps,
Tombe flétrie et s'envole avant l'âge.

— Qu'il est triste! ce livre noir
Où la vie, au lieu de chimère,
N'offre que plainte, désespoir,
Où tout est douleur et misère...

Adieu donc les rêves d'amour,
Ces soleils d'or, rayons de flamme,
Désirs trompés, follets d'un jour
Qui laissent du chagrin dans l'âme.

Il faut, en des sentiers nouveaux,
S'enfoncer triste et solitaire,
Prendre garde, en foulant la terre,
De heurter de trop frais tombeaux.

Quand vous allez au cimetière
Promener vos pas chancelants,
Ne voyez-vous pas votre mère
Près de l'aïeule aux cheveux blancs?

Amis, amants, qu'un souffle emporte,
Dorment tous au champ du repos,

Et seulement la brise apporte
Un doux murmure sur leurs os.

Les pavôts, les muguets fleurissent
Sur les tertres au gazon d'or,
Et, quand l'hiver les fleurs jaunissent,
Les cyprès seuls sont verts encor.

Ah! marquons donc bien notre place
Dans ce silencieux vallon,
D'où libre et fière, dans l'espace,
L'âme s'enfuit sur l'aquilon.

Comme au souffle aigu des autans,
On voit s'envoler le feuillage
L'illusion, qui n'a plus de printemps,
Tombe flétrie et s'enfuit avant l'âge.

Ligugé, 1853.

A FRANCISQUE JEUNE.

Francisque! à vous le cœur du pauvre prolétaire,
Vous l'avez bien souvent fait battre en ses malheurs;
Consolez-le toujours sur cette aride terre,
Égayez d'un sourire et sa peine et ses pleurs.

Paris, 1852.

LA CRUCHE CASSÉE.

En avant! ma biche, en avant!
De ton sabot brûle la terre,
Vole, ma jument d'Angleterre,
Vole aussi vite que le vent.

Nous arriverons, avant l'heure,
Auprès de mon saule enchanté,
Dont la chevelure qui pleure
Caresse le ruisseau, l'été.

Vite, vite, biche légère,
Encore un fossé, deux ravins,
Nous approchons de ma bergère,
Ange d'amour, aux yeux divins.

Halte! aussitôt de sa monture
Descendit le beau jouvenceau;
Il foula la molle verdure,
Se dirigeant vers le ruisseau,

Soudain, au coin de la prairie,
Auprès du petit bois ombreux,
Il aperçoit fraiche Marie
Qui vient à pas lents et honteux.

Elle apporte sa cruche vide
Afin d'aller puiser de l'eau,

Mais l'amoureux au bras avide
L'enveloppe de son manteau.

Puis il l'entraîne au sentier sombre
Où la lune ne peut percer...
Alors, dans le silence et l'ombre
S'éteignit le bruit d'un baiser.

Aussitôt le chant de l'orfraie
Sembla menacer d'un danger ;
Pauvre Marie! ah! tout l'effraie...
Même l'étoile du berger.

Mais le beau comte, lui, plus sage,
Rassure la vierge des champs,
Il rompt les nœuds de son corsage,
Et lui dit maints propos touchants.

. . . .

. . . .

Alors, la cloche du village,
A ceux qui sont et ne sont plus,
Sonna dans son triste langage
L'Ave Maria, l' Angelus.

Et, quand Marie encor lassée
Près de sa mère pût rentrer,
Elle vit sa cruche cassée,
Et se prit, pauvrette! à pleurer.

A GREUZE.

Maître, pardonne à mon audace,
Si, dans mon triste fabliau,
Je n'ai pas su trouver la grâce
Qui brille dans ton frais tableau.

Ligugé, 1853.

—

LE PREMIER DE L'AN.

AUX TÊTES BLONDES.

Déjà sur le calendrier,
De l'an éteint l'heure est sonnée;
Chers enfants, le premier janvier
Vous convie à la bonne année.

Embrassez-vous : partez en chœur,
Petits enfants, petites filles;
Offrez les vœux de votre cœur
Et vos baisers à vos familles.

C'est pour tous un jour solennel,
Une fête, un pieux usage,
Où le temps, cadran éternel,
Marque la raison à votre âge.

Or, la raison vous dit de voir
Qu'il faut au cœur de père et mère
Puiser l'exemple du devoir,
Pour l'accomplir sur cette terre.

Apprenez-donc, ô chers enfants !
Qu'à tous, sur la machine ronde,
Dieu fit des rôles différents
Pour les jouer sur ce grand monde.

Mais si le caprice du sort
Destine à chacun l'aptitude,
Il faut labourer droit et fort
Au vaste sillon de l'étude.

Dieu veut que la fraternité
Rayonne en soleil dans votre âme ;
Qu'en votre cœur, l'humanité
Trouve un salutaire dictame.

Que la vertu soit le moyen
D'élever votre caractère ;
Grandissez, femme et citoyen,
En honorant votre carrière.

Mais, trève, enfants, à ma leçon ;
Ma voix peut troubler votre fête :
— Puissiez-vous graver ma chanson
Dans votre cœur et votre tête.

Ligugé, 1853.

LA POULE.

I.

L'œuf est pondu, poulette encore
Pond un œuf blanc ; et, tous les jours,
Un œuf nouveau qui doit éclore
Naît sur la paille aux vrais amours.

Voici déjà qu'une douzaine
Se détache en blanc sur le nid :
Poulette couve la semaine
Son doux travail par Dieu béni.

Il ne craint pas, le volatile,
La faim, la soif, même la mort :
Il craint la belette subtile,
Et, ni jour, ni nuit, il ne dort.

Mais, quel bonheur ! de la coquille
De petits becs poignent chantant,
Douze poussins, chère famille,
Près de la poule vont sautant.

La voyez-vous, la bonne mère,
Choyer tous ses petits enfants ?
Grave maintien, et crète fière,
Elle marche à pas triomphants.

O! bien plus fière qu'une reine
Trônant sur ses féaux sujets...
Tout son souci, toute sa peine
Planent sur ses jeunes poulets...

— Malheur à qui cherche querelle
A ses élèves pépiant!...
Malheur au chien qui va près d'elle,
Il recevra son châtiment.

Un lion, un tigre en furie
Ne lui feraient pas même peur;
Son amour, son idolâtrie
En font un héros de valeur.

A chaque instant, de sa tendresse
Brillent les transports généreux;
Autour d'elle l'essaim se presse,
Près de la mère il est heureux!

Elle écarte ses chaudes ailes
Pour abriter leurs petits corps;
Et, quand ils ferment leurs prunelles,
Elle veille sur ses trésors!...

II.

Puisse ma poule être une image
De l'ardente maternité

Que l'Europe, un jour libre et sage,
Couvera pour l'humanité!...

Ligugé, mai 1853.

UNE CONFESSION.

I.

—Frères, sœurs, permettez que ma voix vous réclame
Ces noms mielleux, sortis de la ruche de l'âme,
Si doux! qu'ils sonnent mieux qu'un maternel baiser,
Et si purs! qu'on ne peut jamais les refuser....
—D'ailleurs, vous, de Fourier les apôtres austères,
Qui voulez cimenter de pieux phalansthères,
Si du prophète ami vous acceptez la loi,
Vous accueillez son verbe, en sceau de votre foi.
—Daignez donc écouter un pénitent sincère,
Qui, jeune, veut laver dans votre baptistère
Les péchés qui pourraient ronger l'âme et le corps,
S'il était vulnérable à la dent du remords.

II.

Enfant, je le confesse, il avait l'âme pure,
Perle qui reflétait une chaste nature;

Car, né loin de Paris, sous un ciel moins brumeux,
Il n'avait point humé de miasmes fangeux,
Ces poisons nourriciers des grandes capitales,
Hélas! qui souillent tant d'âmes vierges vestales!
— Non, les bluets des champs et l'aubépine en fleurs
Lui versaient les parfums de leurs chastes odeurs.
Pour miroir, il avait l'eau claire des prairies,
Où se miraient ses sœurs, les tulipes fleuries.
La mousse de son lit tapissait un doux sol,
Son Beethoven à lui c'était un rossignol!
Oh! que de fois, les nuits, sous leurs pudiques voiles,
Quand la nature chante un poème aux étoiles,
Accords graves, plaintifs, que soupire avec art
Ce seul musicien de milliers de Mozart,
Où vient surtout percer, sur une clé rêveuse,
Votre timbre argentin, ma renette amoureuse;
Quand pleure ce grand œil, quand parle cette voix
Des fleuves et des prés, et des monts et des bois,
Que de fois, cet enfant, rêveuse créature,
Dans sa langue voulut trouver une peinture.
Où, dès le crépuscule, au haut des monts boisés,
De diamants d'ophyre encor tout arrosés,
Que de fois, prévenant le lever de l'aurore,
L'hymne pur de son cœur au soleil vint éclore.
Oh! que de fois aussi, lorsqu'un brûlant soleil
Jette devant nos yeux un prisme de vermeil,
Qui fait scintiller l'onde en paillettes dorées,
Et rejaillir du feu du dos des scarabées,

Alors qu'abandonnant son concerto plaintif,
L'allégro rebondit sur un autre motif ;
Orchestre ailé, rampant, dont la plus mince fibre,
Module tant de sons ! en tant de notes vibre !
Et quand midi venait, à l'ombre d'un ormeau
Étendu sur les joncs, les pieds au fil de l'eau
Qui bruit doucement sur les luisantes grèves,
Au murmure enchanteur il maria ses rêves.
Délices de l'enfance ! oh ! vous qui m'écoutez,
Exilez vos enfants des infectes cités,
Et souhaitez plutôt aux belles têtes blondes
Les champs, les prés, les bois, et le cristal des ondes.

III.

L'enfant grandit, son père en fit un écolier,
Oisif dans sa prison, mais joyeux buissonnier.
— Collége, vains rhéteurs tout bouffis d'arrogance,
Pourquoi donc, parmi vous, égrenant son enfance,
Puisa-t-il par vos soins, dans vos livres trompeurs,
L'ambition d'esprit aux souffles corrupteurs :
Car, quiconque à la coupe aura porté la lèvre,
Ne doit pas espérer que le désir se sèvre,
Peut-être, au fond, l'on peut arracher quelque miel,
Mais du bord jusquè-là, l'on ne boit que du fiel.
L'âge venu, l'enfant prend la forme pubère,
Vite, la passion de sa chaleur l'altère.
— Aimer !... mais on rira de ce naïf amour ;

Une femme de marbre, hélas! en un seul jour,
De son contact trop froid, glacera la jeune âme.
— Savez-vous ce que veut ce beau buste de femme?
Un homme au nom sonnant qui soit partout vanté,
Pour montrer à son bras son impudicité.
— Orgueil! eh bien! volez au cœur des grandes villes,
Pour être grands, rampez, soyez laquais serviles,
Brûlez aux noms connus votre encens de vassal,
Alors, peut-être aussi, sur un haut piédestal,
Votre nom illustré par d'infâmes bassesses,
Vous vaudra pour trophée un amas de duchesses :
Peut-être encor, depuis des princesses du sang,
Marquises à quartiers, comtesses de haut rang,
Vous pourrez, chiffonnant, satin, velours, toilette,
Polluer le fichu de la pauvre grisette,
Ange plus pur pour vous que vos dames d'honneur,
Hommes au cœur de boue, ignobles suborneurs!

IV.

Mais, qu'ai-je dit, mon Dieu! pardonnez ce blasphème;
Cette histoire est trop vraie, et ce sale problème
De la gloire d'un nom, pour vous être connu,
Doit être dépouillé de gaze et mis à nu.
— Or, l'enfant, ulcéré des vérités cruelles,
Peut-être s'enfonçait aux routes criminelles,
Quand, par hasard, un soir, dans un monde meilleur,
Son sylphe s'abattit, l'œil humide de pleur.

C'était bal ; il se plut à suivre les cadences
Du peuple costumé qui dessinait des danses,
Mosaïque de femme, où les riches couleurs
Éblouissent les yeux, vous bercent de langueurs ;
Car, voyant tournoyer la valse au bond folâtre,
L'œil amoureux s'attache à l'épaule d'albâtre,
Et les exhalaisons des cheveux odorants
Peuvent faire pâmer les plus froids des amants.
Du bal il cherchait donc la bruyante folie,
Pour étourdir l'accès de sa mélancolie.
Calcul trompeur fondé sur ces fourbes plaisirs,
Qui vous gonflent de vide après d'ardents désirs !
Soudain, il aperçut rayonnant sur sa tête
Les traits, divin profil du sublime prophète,
Et la foule portait imprimé sur le front :
L'avenir du bonheur que les peuples boiront.
— Puisque Charles Fourier plane sur l'assemblée,
Il y vient reposer son âme fatiguée ;
Pèlerin tout meurtri du sentier épineux,
Il vient ici former les plus sincères vœux,
Replonger à trois fois sa toile et ses sandales
Aux flots consolateurs de vos ondes lustrales :
Sectaires bienveillants, recevez le pêcheur,
Et vous recueillerez l'arôme de son cœur.

Paris, 1841.

A UN DAHLIA BLEU.

— De désir, d'espoir ivre ou folle,
Mon âme t'implore en ce jour :
« Beau dahlia bleu, de ta corolle
» Laisse exhaler un peu d'amour. »

Oh ! va, crois-moi : sur cette terre,
L'amour est le bien souverain...
C'est lui qui dore la misère,
C'est lui qui chasse le chagrin...
— Au cœur usé par la souffrance
Il rit en hôte bienveillant,
Sème le grain de l'espérance,
Et rend la vie au défaillant.

De désir, d'espoir ivre ou folle
Mon âme t'implore en ce jour :
— « Beau dahlia bleu, de ta corolle
» Laisse exhaler un peu d'amour ! »

Hélas ! en vain, si je désire
Tes parfums, ton suc savoureux,
Dahlia bleu, pour qui je soupire,
Pour moi ne sois pas rigoureux.
Oh ! laisse-moi, quand la rosée
Baigne ta feuille d'un doux pleur,

Sur ton beau calice posée,
T'offrir mon âme, ô chaste fleur !

— De désir, d'espoir ivre ou folle,
Ma voix te supplie en ce jour :
« Beau dahlia bleu, de ta corolle
» Laisse exhaler un peu d'amour. »

Oh ! quand ta chevelure blonde
Glissera-t-elle sous mes doigts ;
Quand ton corps où la grâce abonde
Aura-t-il deux liens étroits ?
Car, j'aurais peur en mon étreinte
De perdre avec toi mon bonheur,
Aussi, mes bras dans cette crainte
Te presseraient bien sur mon cœur...

— De désir, d'espoir ivre ou folle,
Ma voix te supplie en ce jour,
« Beau dahlia bleu, de ta corolle
» Laisse exhaler un peu d'amour. »

Répondez-moi, femme suave,
Que je convoite avec ardeur,
Mon sylphe est déjà votre esclave,
Il vous l'avoue avec candeur.
— Daignez abaisser sur sa chaîne
Votre sourire gràcieux ;

Pour moi , vous serez une reine ,
Et , vous me ravirez aux cieux !

— De désir, d'espoir ivre ou folle ,
Ma voix te supplie en ce jour :
« Beau dahlia bleu , de ta corolle
» Laisse exhaler un peu d'amour. »

Ligugé , 1853.

A MADAME D***.

A PROPOS DE CHATTERTON.

— A mes cris glapissants l'argent sourd et rebel ,
Ce soir, va me priver de vous voir Ketty-Bel.
— Pourtant! mon Dieu! tu sais qu'à l'aliment de l'âme
S'il suffisait l'argent que ma faim me réclame ,
Je le sacrifirais pour aller m'enivrer
De votre larme amie , et chaudement pleurer
De voir qu'il est encor pour la sombre infortune
Des Kettys à l'œil bleu que jamais n'importune
L'indigence au teint hâve , avec la faim , ce ver,
Le rongeur du poëte et le tombeau du vers.
— Mais , puisque les méchants m'ont ravi cette joie,
Seule dans ses chauds pleurs mon âme qui se noie,

A celle que jamais ne vis infortuné,
(Car, pour voir les heureux, moi je n'étais pas né),
Chantera, triste oiseau, le plus plaintif cantique
Que pourra moduler sa muse romantique.
Ainsi, je vous dirai : plaignez bien Chatterton ;
Pauvre cher, plus que toi dans le noir Phlégéton,
Endure-t-on de maux? Ange de sa misère,
Pour lui soyez toujours une amante, une mère.
Que le poète boive un humide baiser,
Qu'amante vous venez pour lui de déposer
Sur la lèvre d'un fils ; que cette rose bouche
Le lui porte brûlant. — Mais aussi qu'il vous touche
Le sort des Chatterton, victimes de Paris.
— Hélas ! vous le savez : par le besoin surpris,
Malfilàtre, Gilbert, Moreau, le jeune Escousse,
Avant que d'expirer, baisant une main douce,
Se seraient envolés plus légers vers les cieux,
Si la main d'une femme eût pu fermer leurs yeux.
Et moi, je vais vous faire une sainte prière :
De mon riche avenir soyez la créancière,
Encouragez d'un mot mes efforts impuissants,
Mais faites-moi rougir, car j'ai bientôt vingt ans,
Vingt ans, et je n'ai pas une bribe de gloire.
Chatterton, à dix-huit, éternelle mémoire,
Sur l'aile du génie, au ciel était porté ;
Avec lui, de commun, l'affreuse pauvreté
Au découragement porte le cœur qui souffre ;
Et pour le cœur saignant, solitude est un gouffre.

— Aussi, battu des vents vers notre port fatal,
Mon vaisseau fatigué sombre vers l'hôpital.

Paris, 1840.

AU MUSÉE D'ESPAGNAC.

O mère! écoute bien : mon âme va chanter
Sur sa corde où l'écho veut encor répéter
Les ravissements saints, les extases suaves,
Qui, légère aujourd'hui des humaines entraves,
Incomprise et souffrante en son exil mortel,
Plus blanche, l'emportaient vers le dôme du ciel.
— Et, d'abord avec moi, bénis, pieuse mère,
Parmi tous les élus envoyés sur la terre,
Ceux à qui Jéovah, marquant l'étoile au front,
Dit : « Versez la pensée, et les simples boiront. »
— Eh bien! il en est un parmi tous nos prophètes,
Un qui sut recueillir les peintres vrais poètes.
D'Espagnac est son nom ; c'est leur enfant chéri,
De leurs sucs odorants ils l'ont toujours nourri.
L'enfant devenu grand, bien loin de sa famille,
Explore le tableau comme un rubis qui brille,
Il part en pèlerin et vingt ans de travaux,
Va, fertile Italie, à trouver tes tableaux

Réussiront... Son cœur sait si bien reconnaître
Le cœur tout palpitant sur la toile d'un maître.

— D'ici, dans mon réduit, mon sylphe aux ailes d'or
Me le montre, cherchant à grossir son trésor;
C'est bien lui !... qui, courant des palais aux chaumines,
Saura seul exploiter les moins fécondes mines.
Il me semble le voir de fatigue abattu,
Soudain bondir plus fort de nouvelle vertu;
Son âme a rayonné dans son œil qui chatoie :
Bon père avec un fils il retrouve la joie.

— Puis, pèlerin, il prend son bâton voyageur,
Apportant à Paris le fruit de son labeur.

— C'était donc aujourd'hui, mère à l'âme si pure !
Je buvais au nectar de la douce peinture :
Oh ! que n'étais-tu là, toi qui comprends Vinci,
Tintoret, le Corrége et le Carlo Dolci,
Padouan, Ribera pinceau sombre et sauvage ;
Titien notre dieu, le puissant Caravage ! ...
Et si tu l'avais vu ce puissant Velasquez !
Des tertres de gazon de noirs rochers flanqués,
Une modeste croix, une branche qui plie...
C'est son obscure grotte, un cénobyte y prie...
Je le voyais ainsi, quand soudain mon oreille
Croit entendre un murmure... Elle écoute : ô merveille !
Lorsqu'au-dessus de nous priait Germiani,
J'entendis le *Mose* du divin Rossini.
Et quand tous écoutaient le son que fait la touche,
Moi, je rêvais au chant d'une divine bouche :

Mais mon rêve fut court et l'instrument muet,
Je partis, vous disant : « Adieu, grand Tintoret,
C'est vous qui parmi tous avez le plus de flamme,
Et je criais aussi du fond de ma jeune âme :
— A d'Espagnac, honneur, de ces chefs-d'œuvre épars,
Grâce au goût le plus chaste, il enrichit les arts.

Paris, 1839.

ADDIO

(CANZONE).

PÉTRARQUE A LAURE.

I.

Depuis trois ans mon amour dure,
Femme au cœur sec, âme sans feu ;
Point de regard qui me rassure
Par un rayon de votre œil bleu.

Pourtant ! cette fleur : l'espérance,
Éclot, brille aux cœurs généreux,
Offre un dictame à la souffrance,
Sert de soleil aux malheureux.

Mais, vous ne voulez point encore
Me dire en me tendant la main :

Après la nuit, brille l'aurore,
« Espérez, croyez à demain. »

. . . .

— Non! cruelle, votre ironie
Flétrit mon amour au berceau.

. . . .

Aujourd'hui sonne l'agonie
— Demain, riez sur son tombeau,

. . . .

II.

Adieu donc, ô ma belle blonde,
De tes baisers seuls j'avais faim...
Comme une madone en ce monde
Je t'aimais, pauvre pèlerin.

III.

Et cependant, pour vous j'implore
Le Dieu miséricordieux ;
Soyez plus heureuse que Laure,
Pétrarque vous fait ses adieux.

Paris, 1840.

A A. D. ET H. B.

A PROPOS DE LA CENSURE.

Du nouveau-né soyez parrains,
Tenez-le sur le baptistère ;
— Apaisez ses premiers chagrins,
Ouvrez ses yeux à la lumière.

Un livre a besoin de tuteurs,
Lorsque la dent de la censure
Aux crânes des pauvres auteurs
Peut faire envieuse morsure,

Le monstre armé de longs ciseaux
Coupe le vers, casse la plume,
Rature l'idée aux cerveaux,
Éteint la flamme qui s'allume.

— Et vous, poètes au cœur d'or,
Qui ne vivez que d'harmonie,
Vous, dont le trop timide essor
Comprime le double génie ;

Vous, qui hantez les deux pouvoirs,
Conseillez justice, indulgence,
Vous suivrez ainsi les devoirs
Dictés par votre conscience.

Aussi, vous ne souffrirez pas
Qu'à peine éclos Georges retombe
Aux limbes noirs où le trépas
Le clouait dans la froide tombe.

Ligugé, 1851.

———

MA POLITIQUE.

A UN MAIRE DE VILLAGE.

— Ma politique à moi, ce serait : la franchise,
Le droit et le devoir appuyés sur l'honneur,
Les principes sacrés que la foi divinise,
Flambeaux du vrai, du juste, étoiles du bonheur.

— Avec le libre arbitre et notre conscience,
Ne pouvons-nous semer et planter en tout lieu
Le bon grain de l'amour, l'arbre de la science,
Que le progrès mûrit sous le soleil de Dieu ?

— Vous le voyez déjà : ce progrès à notre âge
Transforme le vieux monde ; et suffrage et vapeur
Inaugurent en vous un maire de village,
Qui doi laisser un nom sans reproche et sans peur.

Ligugé, 1853.

A LA VALLÉE DE LIGUGÉ.

O silencieuse vallée !
Qui dans tes jardins, tes sillons,
Dans tes échos, n'étais troublée
Que par la cloche aux carillons.

Quand l'*Angelus* ou la prière
Tintaient chaque matin et soir,
Disant au pauvre en sa chaumière :
— « Souffre ici-bas, mais, bon espoir !

» Travaille bien ; après ta vie,
» Tu dois voir un monde meilleur :
» Ton âme entre toute ravie
» Dans le paradis du Seigneur... »

. . . .

. . . .

— Vallée, aujourd'hui, ton silence
S'émeut à des bruits tout nouveaux :
La vapeur en sifflant s'élance,
Et remplit d'effroi tes coteaux.

En hurlant, la locomotive
Glisse sur tes prés, sur tes champs ;
Des oiseaux, la troupe craintive
Suspend ses amours et ses chants.

— D'où vient que la calme nature
Tressaille, en entendant rugir
Les noirs coursiers que l'Écriture
A l'horizon voyait rougir?

Ah! c'est que le progrès s'avance
Volant sur ses chevaux de feu,
Criant à l'homme : Indépendance,
Devoir et droit sont fils de Dieu!

Ah! c'est qu'égoïsme, et matière,
Et vieux abus disparaîtront,
Peuple naïf, quand la lumière,
Un jour, éclairera ton front.

C'est que l'immortelle science
Travaillant, de sa forte main
Éteindra bientôt l'ignorance,
Émancipant le genre humain.

— Serrons nos rangs, fils de la France,
Adorons en sa trinité
Le dogme de la délivrance,
Et Vive la Fraternité!

Ligugé, 1852.

A M. MAKENSIE.

Away.

L. Biron.

Ah ! puisque votre nom plaît à la poésie,
Je veux rimer pour vous, illustre Makensie,
Quelques vers tout fumants de flamme et de vapeur
Qu'allume à mon pinceau le progrès grand chauffeur.
— Le progrès ! ah ! c'est vous, digne fils d'Angleterre,
Qui tracez son rail-way sur notre riche terre ;
C'est vous que notre France au sol hospitalier
Acceuillit comme un hôte, un ami familier.
Car, il n'est plus ce temps des haineuses alarmes,
Où deux pays jumeaux tournaient contre eux leurs armes.
La raison a parlé : malgré tous leurs soldats,
Les rois jaloux entre eux n'auront plus de combats :
Ils craignent de lancer dans les champs de la guerre
La faim au ventre creux, l'envie et la misère.
Leurs trônes chancelants n'ont plus pour lendemain
Que le droit au travail, le salaire et le pain.

. . . .

Pour les peuples la paix, la joie et l'abondance,
Voici le *fiat lux* que résout la science.
Et vous, grand pionnier d'un meilleur avenir,
De Bordeaux à Poitiers hâtez-vous de venir.
Que de ses hurlements, furieuse et plaintive,

Nous entendions siffler votre locomotive ;
Que produits fabriqués du Nord jusqu'au Levant,
De pays à pays, volent comme le vent.
Que l'utile pensée en image de feu,
Trace au monde nouveau la volonté de Dieu.

Ligugé, 1853.

—

LE CHANT DU CHAUFFEUR.

De l'eau, du coke en mon tender,
Et, la chaudière bien chauffée,
Voyez : ma machine fend l'air,
Comme une hirondelle lancée.
Aux coups pressés des deux pistons,
L'écho frappé redit sans cesse :
Marchons gaiment, et transportons
Chaque produit, chaque richesse.

Ah ! mon métier me fait honneur,
Soldat de la milice active,
Je suis chauffeur, je suis chauffeur....
— En avant ! ma locomotive !

Il est beau, grâce à la vapeur,
D'effacer l'horizon, l'espace,
De combattre la pesanteur,

D'enlever la matière en masse...
Sur un rail-way, sur un steamer
Nous maitrisons et l'air et l'onde,
Les chauffeurs de terre et de mer
Sont les vrais conquérants du monde.

Ah! mon métier me fait honneur,
Soldat de la milice active,
Je suis chauffeur, je suis chauffeur....
— En avant! ma locomotive!

Oui, grâce au ciel! guerres, combats,
Sont flétris comme barbarie :
On ne verra plus de soldats
Qu'au champ d'honneur de l'industrie.
L'agriculture appelle encor
D'autres héros tout aussi braves,
Quand la raison prend son essor,
Le progrès marche sans entraves.

Ah! mon métier me fait honneur,
Soldat de la milice active,
Je suis chauffeur, je suis chauffeur...
— En avant! ma locomotive!

Dieu l'a dit : la science, un jour,
Abaissera chaque frontière,
Tous les peuples dans leur amour,
Béniront la sainte lumière.

Alors, sur notre humanité
Descendront les rayons de flamme
De la chaste fraternité
Dont le soleil réchauffe l'âme.

Ah ! mon métier me fait honneur,
Soldat de la milice active,
Je suis chauffeur. je suis chauffeur...
— En avant ! ma locomotive !

—

A VICTOR CONSIDÉRANT ET CANTAGREL.

Oh ! lorsque dans Paris, de son manteau de glace,
    L'hiver va nous couvrir ;
Quand la neige et le givre en fouettant la face
    Vont nous faire souffrir ;
—Certes, nous n'aurons pas, nous pauvres prolétaires,
    L'été dans nos salons !
Mais sans porter envie aux gais millionnaires
    Foulant des édredons,
Lorsqu'ils promèneront en pompeux équipage
    Leur charnelle langueur,
Nous n'irons point peser la somme qu'en partage
    Nous donna le labeur.
Quand sur la pauvre enfant, ainsi que sur sa proie,

L'or va fondre en vautour,
Ange pur ce matin, ce soir fille de joie,
Phalène au carrefour ;
— Enfin, quand jour et nuit la moderne Sodome,
Paris égoïste et brutal,
Aux passions sans frein va nous déchaîner l'homme
A l'appât d'un métal,
Qu'il sera triste alors, de voir ainsi son frère
Promener, en tout lieu,
Son amour effréné de l'aveugle matière
Dont il a fait son Dieu !
— Mais clémence et pardon, nous frères de souffrance
Qui suons le matin
Du travail de la nuit, savourons l'espérance,
Ce pain quotidien !
— Poètes, artisans, pour égayer nos veilles
Au modeste foyer,
A la lampe fumeuse, oh ! lisons les merveilles
Que nous promet Fourier.
— Nourrissons-nous toujours de la foi du prophète,
Guide du genre humain :
Vers un monde meilleur, marchons, premiers en tête,
En frayant le chemin.

Paris, 1841.

AU JURY DE PEINTURE.

Ils viennent de palper l'honorable salaire
Qu'octroie à leur génie un pouvoir tutélaire;
Contents de leur verdict sur le pauvre écolier,
Les grands maîtres de l'art regagnent l'atelier,
Le pieux sanctuaire où, leur brûlante tête
Doit enfanter un monde ignoré du poète!
— Mais, avant d'exploiter votre illustre jeton,
Avant de vous coiffer du bonnet de coton,
O bouillonnants cerveaux des . . . . . . , des. . . . . . .
Avez-vous bien repu la juvénile haine,
Qui ronge aussi le cœur des. . . . . . , des. . . . . . . ;
Ou de tout autre juge au nom retentissant?
Eh bien! non, grand Dieu! non., ces juges en enfance
Gardent pour l'an prochain leur caduque balance!
Depuis plus de quinze ans, Don Quichotte des arts,
Ils redressent les torts, pourfendent les écarts.
Armés de leurs vetos, ces artistes squelettes
Cassent de frais ciseaux et de jeunes palettes;
Et, vieillards au cœur sec d'un mot lâche et fatal
Escroquent notre pain, nous ouvrent l'hôpital.
— Assez et trop longtemps, spectateur débonnaire,
J'ai vu gémir des coups de ce lâche arbitraire,
J'ai vu plus d'un cœur vierge, interprète du beau,
Se fermer à l'espoir, se vouer au tombeau.

Tous les ans, des Puget l'âme presqu'abattue,
De rage et de douleur ont brisé leur statue,
Ou modernes Lesueur, des peintres malheureux
Convoitent pour mourir un couvent de chartreux.
Ces pauvres parias livrés aux gémonies,
Dans les pleurs, dans la faim consumant leurs génies,
Maudirent bien souvent dans leur chagrin mortel
Le tripoteur. . . ., le fourbe. . . . . . .
Mais, enfin, renonçant aux royales commandes,
N'osant plus se souiller de modestes demandes,
Ni mendier auprès de leur bureau vénal,
Qui donne aux étrangers notre art national,
S'ils veulent donc jeter leur dernière étincelle,
Aux yeux du grand arbitre à la voix solennelle,
Hélas ! ils sont maudits. . . Dans leur fatalité,
Ils tombent sous les coups de l'imbécillité.
Un ignorant jury voyant naître une étoile,
L'éteint en ricanant et refuse la toile.

— Oh ! vous ne mourrez pas, égoïstes vieillards,
Sans expier vos torts sur l'autel des beaux-arts ;
Tous vos lâches méfaits, avant l'heure dernière,
Viendront vous conspuer, vous, piliers de l'ornière,
Ignorés et flétris comme objets de rebut,
Vous pourrirez, héros, sur vos bancs d'institut !

Paris, 1847.

AUX GIRONDINS.

A la nuit, à la mort, vous voici condamnés !
Mes pauvres Girondins ! — Quand mon âme ravie
Épanchait l'auréole à vos fronts couronnés,
Pour vous j'avais rêvé la lumière et la vie !

O martyrs de génie, hélas ! sur mes pinceaux,
Insensé ! je fondais une folle espérance....
Un jury Bordelais frappe au cœur vos tableaux,
Boyer, Vergniaud, Ducos, vous, gloires de la France !

— Si vous êtes proscrits de la mère cité
Par une coterie, ah ! cet exil dans l'ombre
Ne peut durer.... Bordeaux, ton hospitalité
Vengera cette injure, en les rendant au monde.

Tous ces fiers défenseurs de notre liberté
Vivent au Panthéon d'éternelle mémoire,
Leurs noms sont burinés pour la postérité,
Et ne peuvent s'éteindre au livre de l'histoire.

Oui, vous aurez beau faire ! ennemis du progrès,
La vérité qui pleure a tressé sur leur tombe
La couronne de fleurs qui se mêle aux cyprès,
Ce symbole immortel de la foi qui succombe.

— Mais pourquoi, fondateurs d'un avenir meilleur,

Montagnards, Girondins, de vos voix fraternelles,
N'avez-vous pas plutôt cimenté le bonheur,
Sans l'arroser, hélas ! de ces gouttes cruelles ?

C'est qu'il fallait encore au sanguinaire Hésus
L'hécatombe et l'odeur du fumant sacrifice. . . .
Ah ! c'est qu'on était sourd à la voix de Jésus,
Qui croyait son gibet le suprême supplice.

Pourquoi frères jumeaux vous être divisés,
Allumant entre vous l'impitoyable haine ?
— Ah ! si plutôt l'amour vous eût coalisés,
Le monde entier vivrait sans douleur et sans chaîne.

— Aussi, conseillez-nous, implacables guerriers,
D'éteindre à tout jamais une lutte homicide ;
Le progrès a marché : de vos jeunes lauriers,
Dites-nous d'effacer la tache fratricide.

AU TABLEAU REFUSÉ.

O martyrs de génie ! hélas ! sur mes pinceaux,
Insensé, je fondais une folle espérance ;
Un jury Bordelais frappe au cœur vos tableaux :
Boyer, Ducos, Vergniaud, vous, gloires de la France.

Ligugé, mai 1853.

A PIERRE DUPONT.

LA MUSE POPULAIRE.

Et du combat naîtra l'amour.

—

Marchons sans clairons ni cymbales,
Aux conquêtes de l'avenir. . . . . .

P. Dupont.

Qui n'aimerait ta muse populaire,
Poète au génie enchanteur ;
Toi, qui vouas au prolétaire
Ta lyre sensible au malheur?

De Béranger le digne émule,
Ta voix charme par de doux sons,
Surtout lorsqu'elle nous module
De patriotiques chansons. . .

Ta sublime philosophie
Plante un jalon pour l'avenir ;
Si la guerre doit revenir,
Ta muse sage la défie ! . . .

En France, hélas! s'il faut un jour
Subir une attaque imprévue,
Pour tous les peuples, notre amour
Réserve une belle entrevue. . .

Sur les tyrans, la liberté
Planera de son vol de flamme :
Et, désormais, l'autorité
Prendra sa force au fond de l'âme.

Car il est temps que du devoir
Le règne divin s'accomplisse ;
Que la raison nous fasse voir
Le triomphe de la justice.

Poète, en ce monde meilleur,
Fais vibrer ta haute parole ;
La poésie est la boussole
Qui nous indique le bonheur !

Ligugé, 1853.

—

A LUCILE.

Voudrais-je, encor, belle Lucile,
M'énamourer,
Et, par convoitise imbécile
Te savourer ?
Lorsque ton cœur claque sa porte
A tous mes vœux,
Ma foi ! que le diable m'emporte
Si je le veux !

Je le sais, ta jambe est divine,
    Et ton corset
Cache un torse que l'on devine
    Fin et coquet ;
Quand il ondule sur sa hanche,
    On croirait voir
Se balancer une pervenche
    Au vent du soir.
Tout ton corps n'est-il pas la tige
    De cette fleur,
Où, le papillon qui voltige,
    Pompe un doux pleur ;
De la rose, type ou modèle
    Du fort crayon
De Granville peintre fidèle,
    Au grand rayon ?
Mais, trêve de rose rimée
    A ma façon,
Tu m'as donné, fleur animée,
    Une leçon !
Il ne faut pas au cœur des femmes
    Trop s'épancher,
Mieux vaudrait en fait de vos âmes
    Roc ou plancher.
Pardon coquettes, mais vos crimes,
    Nés à foison,
Font fleurir aux vulgaires rimes
    Comparaison.

Coiffez-donc votre diadème
De cruauté,
Car, malgré soi toujours on aime
Votre beauté !

Paris, 1840.

———

A MADEMOISELLE LAURENTINE.

Laurentine, restez sous l'aile maternelle,
Gardez bien votre honneur....
– L'honneur ! c'est la vertu dont la gloire éternelle
Vous promet le bonheur.

Gaîté, 1852.

———

UN AN PLUS TARD.

A LA MÊME.

Aujourd'hui, si la gloire embellit ton printemps,
C'est ton âme qui donne
Ce parfum de candeur, et met sur tes seize ans
L'immortelle couronne.

Gymnase, 1853.

A EUGÉNIE.

— Connaissez-vous mon Eugénie ?
C'est un colosse de beauté :
Elle eût inspiré le génie
Des grands amants de volupté.
Antique ou moyen-âge idole ,
L'art t'eût sculpté son piédestal !
— Que ne puis-je , ô ! ma vierge folle ,
T'offrir un pinceau magistral ?

Paris , 1840.

AVANT LE RETOUR DES CENDRES DE NAPOLÉON

A PARIS.

Quel plus pompeux triomphe , autrefois Capitole ,
    Poètes vous offrit ses chants ?
Allons , tous à vos luths ! ... — Mais toi, qui du Pactole ,
    Abreuvas tes pinceaux ardents ,
Tais-toi, ..., car ta bouche n'est digne
    Que du bâillon de l'apostat.

A Victor, Béranger, Casimir Delavigne ,
    De même à Barbier tout l'éclat

D'encenser d'un César les cendres imposantes.

—Toi, Victor, de ton chaud creuset
En lave fais jaillir des strophes frissonnantes
  Au ton bouillant du Tintoret.

Et toi, père de tous, patriarche, Rapsode,
  Ovide, Horace, Anacréon,

Fais-nous pleurer de joie en adressant une ode
  Aux mânes de Napoléon!

Lui-même t'en supplie, ô chantre de Lisette,
  A ton âme a parlé sa voix.

Dis adieu quelque temps à ta simple piquette,
  A tes prés fleuris, à tes bois!

Allons, encor un chant, ô mon céleste barde!
  Qui vibre en nos cœurs triomphants;

Rajeunis les débris de notre vieille garde :
  Fais-nous bondir, nous tes enfants.

— Et toi, fils de Rouger, chantre de Messénienne,
  Entonne tes clairons guerriers,

Pour la fête à venir, une autre parisienne,
  Et nous te donnons des lauriers.

— Dois-je te dire aussi, moule en feu de l'Iambe,
  De sculpter funèbre Oraison?...

Non. J'aperçois déjà ton vers fumant qui flambe,
  Rougissant le noir horizon.

— Gloire! gloire! déjà la vague toute fière
  Baise le flanc du beau vaisseau,

Qui va quérir là-bas l'héroïque poussière
  Sur ce rocher qui brise l'eau.

Sainte-Hélène, ton flot voulant garder l'idole,
    Près du saule vient murmurer ;
— Flot ami, ne crains rien, n'as-tu pas l'auréole
    Du héros que tu vas pleurer ?...
Mais lui n'écoute pas, il rugit de furie,
    Entendant venir le nocher
Qui doit rendre une cendre à sa veuve patrie,
    Il veut défendre d'approcher.
— Vains efforts ! l'Océan s'entr'ouvre sous la voile...
    A nous l'amour des autres flots !
La poupe vers la France a pointé son étoile,
    Entendez-vous nos matelots ?
Puisqu'ils vont aborder aux rives de la Seine,
    Arrêtez ! mes frères, crions :
Aux côtes de l'Ouest faisons la quarantaine
    Pour détourner les pavillons.
— Hourra ! voici venir, terre ! terre ! il s'avance,
    Le *Superbe !* écoutez son canon !
— Répondons. Mais, amis, hêlons-le donc d'avance
    De faire voile vers Toulon.
Que le cygne orgueilleux rase d'une aile calme
    Tout l'Ouest aux bords pavoisés.
Qu'il recueille en passant l'olivier et la palme
    Des mains et des cœurs empressés ;
— Qu'il arrive à Toulon, et l'urne funéraire
    Y frémira sous les hourras.
C'est là que bégaya sa jeune voix guerrière
    Par le bronze en feu de Barras.

— O ! voyez le pays faire onduler sa houle,
    L'enthousiasme orne son front :
Le Midi, l'Est, l'Ouest, le Nord, Français en foule
    Au grand triomphe se rûront.
— Tous viendront à Paris, ils afflueront en masse
    Avec des hymnes, des concerts ;
Le vieillard au foyer réchauffera sa glace,
    Ses printemps seront encor verts.
La génération boira toute sa force
    Dans ces torrents de passion.
La France bout déjà devant la cendre corse
    Ame et corps de sa nation.
Et quand le char funèbre aura de Babylone
    Fait trembler les pavés joyeux,
Invalides vers vous, ou bien vers toi Colonne,
    Portons-le tous, les pleurs aux yeux.
— Quelle fête enivrante ! ah ! si ma jeune plume,
    Vierge encore de ses vingt ans,
Pouvait lancer ici la flamme qui l'allume,
    Que mes tableaux seraient brillants !
Je ressusciterais l'aigle aux ailes puissantes,
    Au son des cloches, des beffrois,
Aux tambours, aux canons, aux cymbales sonnantes,
    Vous verriez frissonner les rois.
— Saint-Denis sentirait le froid glacer ses dalles,
    Et la sueur mouillant leurs os,
Vous verriez s'agiter des formes sépulcrales,
    Disant tout bas : c'est le héros !

— Si la nocturne orfraie a blessé votre œil cave ,
    Peureux ! rentrez dans vos tombeaux !
Voyez encore ici notre roi le plus brave
    Trembler derrière des rideaux !
— O ! mais , dirais-je aussi , voyez ce peuple immense ,
    Embrassant les genoux vainqueurs
Du héros tout ému s'écriant : O ma France !
    Bonne mère , as-tu des malheurs ?
— Vous , jeunes grenadiers , essuyez donc ces larmes
    Au bord de vos yeux attendris.
C'est du fer qu'il nous faut, enfants, forgeons des armes
    Pour celle qui nous a nourris.
A la patrie allons reconquérir sa gloire ,
    Qu'à l'univers son étendard
Octroye ses décrets, qu'on lui chante : Victoire !
    Qu'il voit ramper le Léopard !
— A Nicolas dictons des lois impérieuses ,
    Affranchissons tous les États ;
Et puis , ne revenons chez notre mère heureuse ,
    Que pour vivre en paix dans ses bras.
— Silence ! il n'appartient à mes ailes d'Icare
    De tenter un vol imprudent !
A vous seuls, les puissants maîtres de la cithare,
    De toucher le saint instrument.
A tout ce qui reçut la flamme de poète :
    David ! aiguise ton ciseau ;
Eugène Delacroix , sur ta riche palette ,
    Promène ton divin pinceau.

— Silence ! écoutez tous, les accords de la lyre
    Des Béranger et des Victor,
L'harmonie à l'oreille, à l'œil va reluire
    En roulant ses paillettes d'or.

Paris, 1840.

—

LA VRAIE GLOIRE.

DIX ANS PLUS TARD.

Enfant, j'encensais une idole
Aux pieds d'argile, au cœur de fer,
Despote à sanglante auréole,
Génie échappé de l'Enfer.
— C'est que je naquis dans un âge
Où s'abattait le grand Condor,
Encor ébloui du mirage
Du beau soleil de Messidor.
Nos pères, *brigands de la Loire*;
Nous vantaient le Corse vainqueur;
Ils l'aimaient tous ! Lui, dans sa gloire,
Leur mettait une étoile au cœur.
Ah ! pourquoi plus tard, en brumaire,

. . . .

. . . .

. . . .

Cependant, ils l'aimaient encore,
Voyaient en lui le peuple-roi,
Le saluaient à son aurore,
Glaçant les prétendants d'effroi.
Mais pourquoi ce rude génie
Trahit-il le Peuple, son Dieu,
Pour promener la tyrannie
Et le despotisme en tout lieu?
— Ah! c'est que sous cette poitrine
Ne battait pas précipité
L'amour sacré, flamme divine
De Liberté, d'Égalité.
Ah! si cet ombrageux despote
Avait pu comprendre Fulton!
Si, sous cette grise capote
S'était réveillé Washington,
Il aurait étouffé la guerre,
Il aurait fait, bon citoyen,
Planer la Liberté sur terre,
Émancipant le genre humain.

Octobre 1850.

—

A MESDEMOISELLES DÉSIRÉE ET VICTOIRE.

Désirée et Victoire, ah! que n'ai-je pour vous
Une célèbre plume?

Je voudrais de mes vers, brûler sur vos genoux
    L'encens pur qui s'allume.
Je vous dirais surtout : Aimez-bien votre sœur
    A la grâce enfantine ;
Sa gloire chantera cet hymne en votre cœur :
    Honneur à Laurentine !
Mais pour vous, si la gloire et sa cohorte amère
    Ne distillent du fiel,
Bénissez le destin : adorez votre mère,
    Cœur éclos dans le ciel !...

Paris, 1853.

TIBURCE.

(NOUVELLE).

L'ATELIER.

I.

Quand il revint du Louvre, il gravit lentement
Le petit escalier qui mène au firmament,
Spirale tortueuse ou finit d'habitude
Le temple trois fois saint, le temple de l'étude.
Tiburce étant monté jusqu'au haut du palier,
En pressant un ressort, entra dans l'atelier :

Lorsque son doigt fébrile eut frotté le phosphore,
L'étincelle en jaillit ainsi qu'un météore ;
Et, la lampe pendue à ses triples chaînons,
Fit trembler la clarté de ses pâles rayons
Sur un amas confus, un singulier mélange
D'objets d'art qu'eût aimés le sombre Michel-Ange.
Lecteur, si vous voulez un tableau curieux,
Dans ce Capharnaüm faites errer vos yeux :
Au Rembrandt, au Teniers c'était à faire envie !
Partout, partout la mort à côté de la vie :
La colonne Trajane et le vieux Parthénon
Près de chaque débris rappelaient un beau nom.
Le hasard qui, toujours pétille en sel attique,
Faisait fraterniser le moderne et l'antique :
Est-il, est-il souvent de grands maîtres de l'art
Qui puisse t'égaler, toi grand maître hasard ?
Là, Rudde, Phidias, Clésinger, Polyclète
Accrochaient leurs fragments auprès d'une palette ;
Pradier chaussait ici la grisette aux pieds nus,
Frétillon qui narguait la pudique Vénus.
Plus loin, une odalisque aux épaules d'albâtre,
De plaisir et d'amour faisait frémir le plâtre ;
Et, se penchant sur elle, un satyre moqueur
De son thyrse, en riant, voulait percer son cœur.
Voyez cette baigneuse achever sa toilette
Auprès des tibias de ce puissant squelette,
Sur la tête duquel un hibou tout rêveur
Pose, l'œil presqu'éteint, l'image du malheur.

5

Je n'en finirais pas, lecteur, s'il fallait peindre
Tout ce tohu-bohu que l'art ne peut atteindre,
Ces ébauches sans nom d'un génie incorrect,
Rêves incohérents d'un infernal aspect ;
Cette danse macabre ébranlant les murailles,
Où, le faux et le vrai livrent force batailles,
Où, la terreur, l'amour et la pitié leur sœur,
Au drame humain toujours chantent le triple chœur.
Près de la panoplie aux bizarres armures,
On croit ouïr encor de belliqueux murmures.
Ce crâne de cheval, aux naseaux tout fumants,
Semble hennir d'ardeur à d'étranges accents ;
Puis, sous les boucliers, les haches et les casques,
On distingue les traits des plus sévères masques.
C'est le Tasse et le Dante : ils ne sont pas surpris
De vivre avec l'artiste au volcan de Paris ;
Parfois même, Ferrare et l'ardente Florence
Évoquent de la pierre un éclat de souffrance...
Car Paris ! c'est la cuve où toutes les douleurs
Ont voué le génie à la misère, aux pleurs.

LES TABLETTES.

II.

Donc, Tiburce, plongé dans un fauteuil gothique,
Froissa les vers suivants d'une main frénétique ;
Relisons avec lui cet aveu délirant,
Aveu d'un jeune cœur qui s'ouvrit en pleurant.

A UNE JEUNE FEMME.

« Oh ! qui que vous soyez ! femme dont l'œil m'enflamme,
» Œil noir, dont le volcan vient lancer dans mon âme
» Une lave d'amour qui peut l'incendier ;
» Vous, femme, ange ou démon, écoutez-moi prier :
» Pitié pour un enfant amoureux de la gloire,
» Infortuné Tantale ; il n'a pu jamais boire,
» Boire à sa soif d'amour un breuvage si doux !
» Pitié, s'il vous implore, en mage, à deux genoux ;
» O pitié pour son cœur rongé de solitude !
» L'insensé, qui croyait retrouver dans l'étude
» Un aliment trompeur pour étouffer l'amour,
» Nouveau Faust acclama : Viendra-t-il, mon grand jour ?
» Où l'arbre du savoir me donnera sur terre
» Tous les fruits que j'envie au fond de ma misère ;
» Car, la beauté s'éprend d'un nom qui, glorieux,
» Brille, éclatant génie, en soleil radieux.
» C'est l'amour qui forma Raphaël, Michel-Ange :
» Ces grands peintres de Dieu, sans la voix de cet ange,
» La femme, qui d'en haut descendit pour aimer,
» Ève de nos malheurs, baume fait pour fermer
» Les blessures du cœur ; oui, sans cette belle Ève,
» Raphaël et Michel ne seraient plus qu'un rêve.
» Et, les poètes dont nous aimons les houris,
» Femmes au sein si blanc, ces célestes Péris
» A l'œil si chatoyant, à la bouche de rose

» Qui sourit, fraîche fleur, dont la corolle éclose
» S'épanouit au jour : en ces créations,
» Poètes, ils chantaient leurs chaudes passions.
» Extasiés devant la beauté leur amante,
» Leur luth est un écho de ce que l'âme chante :
» Interrogez ici Lamartine et Victor,
» Elvire et L...... sont pour eux un trésor
» D'harmonie où, puisant leur sublime poème,
» Ils ont dit à la femme : Ange, ici-bas, aime ! aime !
. . . .
» Vous avez entendu mon appel suppliant,
» Sur votre lèvre amie, un seul mot souriant ;
» Un mot d'espoir pour moi, céleste créature,
» Dites-moi si je dois chercher dans la peinture,
» Ou dans la poésie, un illustre rameau ;
» Parlez, et l'avenir se lèvera plus beau.
» Et, par vous seule, un jour, créé peintre ou poète,
» Ma couronne ceindra votre divine tête,
» Car, mon honneur c'est vous, vous qui l'aurez conquis ;
» Mais, de grâce, un seul mot d'espoir, ou je languis ! »
. . . .
Quand Tiburce eût relu cet aveu plein de flamme,
Il invoqua la muse et fit chanter son âme.

APPARITION AU LOUVRE.

Aujourd'hui, dans le Louvre, errant triste et rêveur,
Et, promenant ma solitude,

J'allais retrouver dans l'étude

Le travail, mon ami, mon Dieu consolateur.

J'explorais le musée ; et, le front sur la toile,

Dans mes tacites entretiens,

Je lui confiais mes chagrins ;

Et, morne, je quêtais d'un œil que l'ennui voile.

Je m'arrêtai soudain, car mon œil s'étonna :

Le front, pensif naguère, aussitôt rayonna.

J'avais vu, je voyais une belle figure,

Type encor ignoré du ciel de la peinture.

Nouvelle Galatée, ah ! quel doux sentiment

S'alluma dans le cœur de son brûlant amant !

Ange ou fée, à mes yeux, sa brillante auréole

Resplendissait en or ; et, devant mon idole,

Profane, je chantais l'hymne de mon désir.

Mais, hélas ! la voyant loin de mon cœur s'enfuir,

Je volai sur ses pas, respirant les arômes

Qui, de l'air ambiant traversant les atômes,

Ondulaient jusqu'à moi de ses cheveux de jais.

Océan d'amour vierge ! oh ! comme j'y nageais ! !

J'approchai, j'approchai de ma pudique fée ;

Oh ! quel effroi soudain assiégea ma pensée......

Je voulus déposer mon hymne à ses genoux....

Ce qu'elle répondit, oh ! vous, le savez-vous ?

Savez-vous ce que c'est que de verser, cruelle,

Le poison du dédain dans une âme fidèle ?

Dites ? Vous le savez..... — L'œil fixé sur le sol,

Je me disais encore : Elle a donc pris son vol ! !...

A quelque temps de là , Tiburce peint encore
Son pauvre amour déçu que le dépit dévore :

A Mme LUCILE DE ***.

Pauvre fou, que fais-tu, pourquoi vas-tu chanter
Le besoin de ton cœur qu'on ne veut écouter?
Car, de son bel œil noir, vers ta morne paupière,
Seulement lança-t-elle un rayon de lumière ;
Sur sa bouche , as-tu pu faire naître un souris?
Ne vois-tu pas plutôt grimacer son mépris,
Ce mépris sans motif pour une offre timide ,
Ce mépris qui ne fit qu'une prunelle humide ,
Parce que tu savais, en ta vierge candeur,
Que toute âme d'élite écoute avec pudeur,
Et loin de mépriser cette voix inquiète
Osant à peine peindre une flamme indiscrète ,
A, pour sa dignité, l'œil, le geste, la main,
Mais n'accueille jamais de ce méchant dédain.
— Depuis, j'ai rencontré son fier époux au Louvre.
Si d'un œil pénétrant ou moqueur il découvre
L'enfant qui voulait faire un hommage de cœur,
Il semble le narguer, vouloir lui faire peur,
Intimider l'élan d'une flamme naissante,
Et la déconcerter d'une voix menaçante.
De la peur, il s'abuse ; en a-t-on, à vingt ans?
Le péril, quand il vient : avec plaisir j'attends....
Au cœur sevré de joie , et, surtout au jeune âge,

Au moins, il reste encor pour soutien le courage :
Une épée, un canon, on l'affronte sans peur ;
Jamais on ne recule en face de l'honneur.
Et puis, croyez, après qu'un coup d'œil de menace
Vienne plisser son front ou de frayeur le glace.
Il rirait, si son âme avait perdu l'encens
Qui brûle dans son être et fume dans ses sens.
Il rirait de pitié du binocle ironique,
S'il n'avait là vertu d'un penchant platonique ;
S'il ne voyait sur lui qu'enfin on s'est mépris,
Que jugé sans pourvoi, vous ne l'avez compris.
Mais pardon ! Qu'ai-je dit ? en ma franchise pure,
Peut-être, tout ce rêve est fausse conjecture ;
Ange, répondez-moi, modestes sont mes vœux :
Un regard, un regard, un seul de vos beaux yeux !

. . . .

. . . .

L'imprudent ajouta d'une plume indiscrète,
Ces mots, avant-coureurs d'une grave tempête :

    « Lâche et méchant est un époux,
    » Lorsqu'il est froid avec sa femme,
    » Qu'il ne comprend pas sa belle âme,
    » Et qu'il en est toujours jaloux.

    . . . .

    » Oh ! dites : ce sein qui palpite,
    » Ces yeux où rayonne l'amour,
    » Cette lèvre rose et petite,
    » Ce corps au gracieux contour,

» Sont-ils formés pour la vieillesse,
» En comprend-elle les appas?
» Non, ils sont faits pour la jeunesse,
» Qui voudrait mourir dans vos bras. »

— L'aveu fut découvert.......En sortant sur la place,
Deux ennemis jurés se trouvèrent en face...
Mais, en gens de bon ton, sans éclat et sans bruit,
Cartel et rendez-vous s'échangent pour minuit.

Avant l'heure fatale, atteint de nostalgie,
Tiburce, pour sa mère, écrit cette élégie :

A MA MÈRE.

> Malheureux! Ce mot seul déjà vous importune,
> On craint d'être forcé d'adoucir mes destins;
> Rassurez-vous, je viens vous demander des larmes.
>
> GILBERT.

— Mère! tu disais vrai : « La misère... et mourir!... »
Puis, le fatal oubli qui viendra me couvrir...
O l'oubli! cauchemar qui ronge le génie!...
Ignoré quand j'entends sonner mon agonie...
Ignoré... quand le front, ainsi qu'André Chénier,
Ce front, qu'une étincelle est près d'incendier;
Sent un monde nouveau qui demande pour naître...

Le seul mot de l'amour... — Mourir sans le connaître...
— Mon Dieu ! qu'ai-je donc fait pour m'accabler ainsi ?...
Au malheur, je devrais pourtant être endurci...
Je suis jeune, il est vrai, j'atteins mes vingt années ;
Mais un jour de bonheur les a-t-il couronnées ?
Vous le savez, Seigneur ; — pourquoi, dès le berceau,
De la tristesse, au front, m'imprimiez-vous le sceau ?
— Pourquoi donc, tout enfant, aimant la solitude,
Méprisais-je les jeux pour le rêve ou l'étude ?
Et le jour et la nuit, attisant mes douleurs,
Les embrâsais-je, enfant, de l'alcool des pleurs ?
— Que de fois au dortoir, en ma modeste couche,
L'âme eût-elle voulu fondre sur une bouche ?
Mais l'ombre mensongère échappait à mes bras,
Mes houris s'envolaient avec mes Allambrahs ;
Qu'ils étaient cependant ruisselants d'émeraudes,
Pauvre rêveur déçu, lors, de mes larmes chaudes
J'arrosais mon chevet ; et, quand tout sommeillait,
Mon esprit vagabond seul pensait et veillait.
Le jour, tous se disaient : d'où vient que notre frère,
Si jeune, semble fuir les plaisirs de la terre ;
Son front, déjà plissé, paraît méditatif :
Plaignons-le, car son cœur est bon, quoique rétif.
Si l'Argus nous menait errer dans la nature,
J'aimais à m'enfoncer dans des bois de verdure,
Caressant mollement la pelouse du sol ;
Le feuillage du gui, verdoyant parasol,
Ne laissait traverser qu'un rayon de lumière.

Ressemblant à célui qui baisait la paupière
Du bel Endymion dormant sur le gazon,
Que, peintre, nous peignit Girodet Trioson.
Là, Victor, Lamartine, en ouvrant votre livre,
Dans vos rêves d'azur que j'aimais à vous suivre :
Ici, disons-le bien, si j'aime à retracer
Les phases qu'un pauvre être aura pu traverser,
Je me le crois permis; ma plainte solitaire
N'aura pas même écho dans le cœur de ma mère.
Pauvre mère, oh! je veux te cacher mes douleurs,
Je serais bien méchant de t'arracher des pleurs.
Mais, peut-être un ami, découvrant ma souffrance,
Dira, serrant ma main : « Allons, de l'espérance! »
Espérons donc sortir du creuset des malheurs,
Les épines feront peut-être place aux fleurs.
Sans craindre d'émousser le fer de l'énergie,
Déroulons, déroulons mon obscure élégie;
Puisque j'aime souvent, lorsque plane le nuit,
A me rémémorer le souvenir qui luit,
Qui t'empêche, à présent, de lécher, oh! ma muse,
De lécher, de mes ans, le détail qui t'amuse.
— Eh bien! il m'en souvient : dès ces plus jeunes ans,
Mes goûts juraient avec ceux des autres enfants.
— Que six ans de collége, ô ma mémoire en vibre,
Me firent convoiter une existence libre!
Et, quand le ciel, l'azur que j'avais désirés,
Rafraîchirent un jour mes poumons dévorés,
J'eus un instant de joie, oui, de joie extatique,

Puis, je foulai le sol de mon pied frénétique.
— Alors, ô bien souvent, n'est-ce pas Ligugé?
Aux montagnes, dès l'aube, en chasseur engagé,
Le fusil sur l'épaule, et, dévorant l'espace,
J'ai poursuivi la bête en épiant sa trace.
— Ou, si le vent, l'hiver venait fouetter l'eau,
Matelot de seize ans, debout sur un bateau,
J'étais fier de lutter contre mon débile âge,
Et ma voile toujours, vers un antre sauvage,
Aimait à diriger le mobile aviron.
Et là, comme j'aimais à dévorer Biron,
Ligugé! Ligugé! doux berceau de verdure,
Me sera-t-il permis de peindre ta nature?
Oh! non, je le crains trop, Paris me retiendra,
Peut-être j'y mourrai, moderne Lantara.
Car, ce n'est plus le temps de la foi protectrice,
Et Lutèce, aux pinceaux trop avare nourrice,
Refuse un peu de lait qui doit les soutenir.
Non, jamais, le bonheur ne voudra me venir.
— Tu sais, mon Dieu! tu sais mes veilles de froidure,
Tu sais qu'aussi la faim est ma compagne sûre;
Au moins, elle est fidèle, et me dit tous les jours
D'abréger par mes mains l'urgence du secours.
Oui, j'ai souffert souvent pour gagner mon salaire,
Moi qui voudrais de l'art hanter le sanctuaire.
« Italie! Italie! oh! que n'y suis-je né?
» Au siècle de Léon, siècle à l'art destiné.
. . . .

» — Mais pourquoi , dans mes vers, ces plaintes inutiles ?
» Travaillons , travaillons , et , de mes mains débiles ,
» Cherchons à triompher pour nourrir mon pinceau ;
» Il vaut mieux espérer : oui , l'avenir est beau ! »

. . . .

ONZE HEURES ET DEMIE.

Insensé ! l'avenir !.... aux rayons de la lune
Deux hommes vont se battre au sujet d'une brune ,
Le pistolet , l'épée, ou l'adresse ou le sort
Vont, entre deux humains , décider une mort....
Adieu tous , mère , frère et famille chérie ,
Adieu rêves de gloire , amour de la patrie...
Adieu, toi, cher ami , toi, grand peintre futur.
Adolphe, tu liras cet aveu d'un cœur pur,
Remords où sont trempés de honte et d'amertume
Mes pinceaux tout meurtris et ma débile plume.

A ADOLPHE.

Lamento.

— Frère ! toi qui m'as dit : « Épanchons-nous souvent
» L'un par l'autre, allégeons notre commun tourment ! »
— Sais-tu quel cauchemar nuit et jour me torture ,
Et brunit l'horizon de mon ciel de peinture ?

— Écoute : je confesse ; et, si j'ai de grands torts,
Ne me pardonne pas sans juger mes remords.

L'an dernier, mois de mai (fatal anniversaire),
Prodigue enfant, quittant la maison de mon père,
Chétif et sans secours, plus seul qu'un orphelin,
Je suivis de mon Dieu l'oracle Sibyllin,
Car, dès mes jeunes ans, (j'en ai bonne mémoire),
Le cruel, me berçant d'un avenir de gloire,
M'avait dit : « Tu seras poète, mon enfant,
Un jour, ton front ceindra l'olivier triomphant.

— Vains mensonges d'orgueil, dérision amère !
Tous mes beaux rêves d'or meurent dans la misère.
Et, pauvre Paria dévorant le dédain,
A peine mon pinceau peut-il gagner mon pain ;
Car, en fuyant l'intrigue et toute platitude,
J'ai voué tout mon temps au labeur de l'étude.

— Ainsi, fier comme toi de ne souiller d'argent
Notre art que j'ai servi toujours, fidèle amant,
Un jour j'eus cette idée : Écrire à notre maître,
Peignons lui mon angoisse, et faisons lui connaître
Mon projet de puiser tout sujet de tableau
Au poëme plus tard échappé du cerveau.

Je le fis. Il avait, de son regard perçant,
Jeté sur mes efforts un œil compatissant.

— Courage ! me dit-il, cette voix consolante
Me versa de ce mot la manne bienfaisante.
Alors survint mon père : courons interroger
L'oracle, qui devra, de l'avenir juger.

Modeste, il répondit : « Si, nouveau Prométhée,
» Je leur pouvais jeter l'étincelle sacrée,
» Ou, plutôt, si j'avais la puissance de Dieu,
» Oh ! je leur soufflerais à tous mon âme en feu ! »
— Eh bien ! le croirais-tu ? plus tard une palette
Arracha ma mémoire à l'honneur de ma dette...
Moi, qui naguère encor jurais par Raphaël ;
Et, timide, adorais l'œuvre du grand Michel.
Mon œil fut tout à coup séduit par le mirage
Des Titien, Rubens, Corrège et Caravage,
Des Van-Dick, et, surtout, du puissant Tintoret ;
Et mon âme, pour eux, brûle un parfum secret.
— Pour eux, j'allai hanter la fougue et le génie...
Oh ! voilà le tourment de ma longue insomnie...
Ingrat ! abandonner et grand cœur et talent,
Dont la voix me flattait d'un accueil bienveillant ;
Aussi, je suis puni de mon ingratitude,
Je ne récolte rien dans le champ de l'étude :
Ni dessin, ni couleur, ni de tableaux brûlants
Qui devaient couronner mon âge de vingt ans.

LE DUEL.

Il achevait ces mots, inscrivait les adresses
De ces derniers adieux, ces suprêmes tendresses,
Qu'on voue à l'amitié, surtout près du trépas...
Il écrivait encore... un bruit d'armes... de pas...
Annoncent les témoins.... : « Il est temps, sur mon âme,

» De venger un affront que suscite une femme, »
Disent les deux témoins que le faux point d'honneur
Amenait à Tiburce.... : « Allons, as-tu du cœur?
» Tu vas de l'Othello tirer prompte vengeance,
» Et de Desdémona gagner la délivrance.
» Partons.... » Une voiture eut bientôt déposé
Les trois jeunes amis dans un bois disposé
Pour offrir au combat des chances meurtrières...
C'est un vaste rond-point où huit larges clairières
Reçoivent de Phœbé les rayons argentés,
Et, quoique de Paris, de loin soient répétés
Des bruits vagues, confus, on distingue, à cette heure,
Des dômes, des clochers, la voix lente qui pleure...
Minuit sonne, étendant son voile; et, quand tout dort,
Vient peindre à la pensée une image de mort...

. . . .

. . . .

Déjà, les deux rivaux que transporte la haine,
Ferraillent furieux, bondissent sur l'arène,
Et cherchent par la feinte et maint détour cruel
A se percer le cœur en ce fatal duel.
— Ce n'est plus un combat où l'art guide l'épée...
C'est à qui comptera sur sa lame trempée...
Tous les deux, oubliant les leçons de Grisier,
Font tournoyer l'éclair de leur brillant acier,
Sur lequel vient jouer la lueur importune
Du disque étincelant de la placide lune.

. . . .

— » A toi donc, insolent, qui voulus à mon front
Stygmatiser la tache..., et je lave l'affront
Dans ton sang , car, ce coup apaise ma vengeance. »

. . . .

La botte, en vérité, fut rude, mais la chance
En fit parer le coup... En rompant d'un écart,
Le jeune homme recule ; et, comme un léopard,
Rampe et guette l'instant où, droit dans la poitrine,
Il peut plonger son glaive à la pointe assassine.
Tous deux sont haletants ; et, malgré les témoins,
Cherchent à dénouer leurs aveugles desseins.
— « A toi donc, à mon tour, dit Tiburce en furie,
» Ce coup qui me rendra maître de la partie... ;
» Et ta femme est à moi, car, sur le sombre bord,
» Je t'envoie à l'instant... » Mais l'imprudent eut tort
De fondre à tour de bras... Soudain, vole sa lame... ;
Le malheureux s'enferre et se sent rendre l'âme...

— Il tombe pâle et froid. L'ami Jules, docteur,
Le reçoit dans ses bras, ravive la chaleur.
Sonde la plaie, osculte, entr'ouvre la paupière,
Cherche à trouver la vie en un jet de lumière,
Puis étanchant le sang dont le ton est vermeil
Applique en diachylon un prudent appareil.

. . . .

— Ayant plaint, mais trop tard ce drame et sa clôture,
Le cortège revint lentement en voiture.
La douane ne vit en ce convoi fatal
Qu'un blessé ramené mourant à l'hôpital.

UNHAPPY LOVE.

Le lendemain, auprès du grabat de souffrance
Une femme pleurait, épiait en silence
Quelques signes de vie aux lèvres du mourant.
Est-ce un ami pour elle, est-ce un frère, un amant?
L'infortuné l'ignore, et s'il vient à la vie,
O quel bonheur pour lui! Car, son âme ravie
Verra celle qu'il aime et que son cœur rêvait.
Miracle! il peut la voir auprès de son chevet...
Ah! c'est que notre maître à tous, l'amour nous change,
Transforme une coquette, une prude en doux ange.
— Ce que le pauvre peintre avait tant demandé,
Seulement à son sang venait d'être accordé.
Quand le mari revint, tout pollué de taches,
Lucile s'écria : « Vous êtes des plus lâches!
» Infâme! avoir tué ce malheureux enfant!
» Enorgueillissez-vous, et soyez triomphant...
» Vous n'êtes qu'assassin, fuyez de ma présence... »
. . . .
Elle dut obéir au charme, à la puissance
Dont fascinait son être un amour nouveau-né;
Elle voua sa vie au peintre infortuné
Qui pour elle perdait sa palette et sa lyre
Par un premier aveu trop franc dans son délire.
Hélas! il fut trop tard, en vain; son dévoûment
Prodigua tous les soins qu'exigeait son amant.

6

En vain, ils espéraient d'une brillante vie
Embellir les instants, et leur âme ravie
Entrevoyait l'azur d'un horizon nouveau.
Tous leurs beaux rêves d'or en un riant tableau
Dessinaient tous les plans de la nouvelle voie
Qu'ils allaient jalonner de bonheur et de joie.
Lucile lui disait : — « Ami, pardonne-moi
» D'avoir longtemps caché tout mon amour pour toi,
— » Maintenant, aimons-nous, savourons l'ambroisie,
» Et tous les sucs divins d'art ou de poésie
» Qu'offre notre carrière à nos vaillants efforts....
— » Courage, dirons-nous et nous serons plus forts....
» Tiburce, crois-moi bien, à toi je le confesse,
» Ta Lucile abandonne et vain titre et richesse,
» Foule les préjugés de ce monde envieux,
» Pour vivre toute en toi, pour te savoir heureux... »

. . . .

Le malade enivré de sa douce parole,
Croyait voir flamboyer une pure auréole
Autour de sa Lucile au front resplendissant....
Tout pâle, il se levait et d'un ton frémissant :
— « O dis-le moi toujours, ce mot tendre : je t'aime...
» Ta voix à mon oreille est un chant, un poème;
» Que ta bouche chérie en me baisant le front,
» Apaise mes douleurs, et mes yeux s'ouvriront
» Pour t'admirer encore et te dire : Lucile,
» Je n'adore que toi... » Saccadée et débile,
Sa voix mourait, ses yeux se fermaient et l'espoir

Expirait comme expire un parfum d'encensoir.
. . . .

Telle au milieu des champs, une jeune fleur verte
Balançant sur sa tige une corolle ouverte,
Tout à coup est blessée au tranchant de l'acier ;
Vous la voyez pâlir sur sa tige, et plier
Son beau calice éteint... Puis, sur le sol penchée
La pauvre fleur succombe et roule desséchée.
Ainsi finit Tiburce . . . .
. . . .

    O ! pourquoi donc, Seigneur,
N'épargnez-vous pas plus un amour qu'une fleur ?
Pourquoi faire tomber comme sous les faucilles,
Amours et fleurs, amants, jeunes gens, jeunes filles,
Qui tous portaient un cœur sensible, généreux,
Et que la mort atteint quand ils vont être heureux ?

. . . .

. . . .

Pauvre Lucile en vain, tu pleures, désolée.
Car, rien ne troublera le muet mausolée,
Si ce n'est la feuillée ou le frémissement
Du zéphyr soupirant auprès de ton amant.

FIN DE TIBURCE.

Ligugé, 1853.

AUX SCULPTEURS.

A PROPOS D'UNE ÉPITRE.

L'âme d'un grand poète est l'oracle de Dieu.
— Frères, réchauffons-nous à ce soleil de feu.
Aussi nous écoutons : la voix des grands poètes
En perles de rosée a rafraîchi nos têtes,
Et lorsque nous buvons ses poétiques flots,
Cette voix dans le cœur éveille des échos
Jusque dans ses replis, puis, héroïque ou tendre,
Séraphique clavier chante et se fait entendre,
Dès que Victor Hugo, voix que nous bénissons,
Le presse de son doigt et fait naître les sons.

Vous l'avez entendue aujourd'hui si puissante
La grave conseillère à David se présente :
La muse des combats, du peuple, des amours,
Aime à mirer son luth au poli des contours.
D'un génie enflammé l'aile s'est abattue
Et pose en frémissant sur la blanche statue.
Il éloigne David des débats envieux,
Lui dit : « Bon frère, va, ne quitte pas les cieux ;
» Ne va pas te mêler au combat politique :
» Phidias est trop grand pour la chose publique. »

Mais d'où vient, ô David ! qu'un sourire accueillant
Épanouit ta bouche et ton front bienveillant ?

Eh bien! nous avons tous formé la conjecture,
Que tribun, tu voulais protéger la sculpture,
Faire éclore à Paris de nouveaux monuments
Aux masses prodiguant de grands enseignements,
Écrire, historien, sur ta sublime carte
Les exploits aux débuts du consul Bonaparte.
Voyant le peuple-roi sous ce nom frémissant,
Tu veux faire jaillir son colosse puissant,
Pour qu'éternellement plus grand que sur la toile,
L'aigle embrasse Paris du sommet de l'Étoile,
Que trinité sacrée, il plane du fronton
De l'Arc, de la Colonne, et du haut Panthéon.

Puisse ce temps venir d'une marche pressée,
Vite réaliser notre sainte pensée....
— Frères, en attendant : répétons tous en chœur....
A David, à Victor, le parfum de nos cœurs.

Paris, 1840.

TREIZE ANS PLUS TARD.

AU CONGRÈS DE LA PAIX.

Ma jeune plume, encor grisée
D'un enthousiasme chauvin,
Depuis treize ans s'est irisée
D'une eau qui baptise son vin.

C'est la raison dont la balance
Pèse la somme des malheurs,
Et des lauriers que notre France
Vit arroser de tant de pleurs.

Aussi, le cœur changeant d'idole,
Préfère, pour l'humanité,
Le génie à pure auréole,
Qui fonde la fraternité.

Ligugé, 1853.

A SON AME.

O toi ! qui m'aimais tant ! âme au ciel envolée,
Je n'ai pu recueillir ton éternel adieu !
Quand les cloches sonnaient leur funèbre volée,
Je n'ai pas entendu le grave appel de Dieu. !

Hélas ! quand j'écoutais encore l'espérance,
Quand pour toi se levait un avenir si beau,
Tu ne pus supporter la mortelle souffrance,
Tu partis en laissant ta dépouille au tombeau. !

Jour cruel, jour de deuil ! quelle douleur amère !
Tu brisas de sanglots ceux dont le cœur t'aima...
Oh ! qu'ils ont dû pleurer, épouse, veuve et mère,
Ton frère à toi si cher... ton.........

La voilà donc déjà ta pauvre R......
Condamnée à te voir exilé vers les cieux !
Aux chagrins de l'absence, à la mélancolie,
Son front va se voiler... des pleurs brûlent ses yeux.

Pourtant, tu ne l'as pas tout à fait délaissée ?...
Quand au champ du repos erreront ses malheurs,
Ton ombre frémira sous la pierre glacée,
Agitant mollement les cyprès et les fleurs.

Et tu recueilleras son ardente prière,
Tu veilleras sur elle et tes jeunes enfants,
Les confiant aux soins, à l'amour de ton frère
Dont les jours sont flétris de regrets déchirants.

Et moi, moi, qui t'aimais d'une âme de poète,
Quoi ! je n'entendrais plus ton conseil si flatteur,
Et, tu ne dirais plus à ma jeune palette :
« Courage, ami, travaille et tu seras vainqueur, »

Non... je crois au delà de l'humaine poussière,
Tu n'es pas tout éteint, ton âme à tout moment,
En voyant les labeurs de ma pauvre carrière,
Soutiendra mes efforts d'un encouragement.

Et, si je réussis, si j'anime la toile
D'une étincelle prise au foyer créateur,
Tu m'auras secouru de ta céleste étoile,
Aussi, j'implorerai son rayon protecteur.

Oui, toujours plein de foi, de sainte confiance,
Je t'offrirai mes vœux le matin et le soir,
Et, vers toi monteront mes rêves d'espérance
Comme un parfum sacré fumant d'un encensoir.

Paris, 1847.

—

A. E. DE GIRARDIN.

Vit-il encore, en ce temps de paresse,
Où vit la bête, où l'esprit dort,
Ce grand journal, qu'on appelle la *Presse*,
Vit-il encor quand Girardin est mort?

Peut-il oser, l'auteur de Cléopâtre,
Oser traiter un Tartufe en jupons,
Malgré Rachel, matelot de théâtre,
Offrir son flanc aux flèches, aux harpons?

Car, si tout meurt en ce siècle de boue,
Où le typhus corrompt le genre humain,
L'envie est là qui va crisper sa joue,
Puis aiguiser les ongles de sa main.

Craignez, craignez même la voix amie
Qui vient flatter vos succès, votre éclat;
— Ah! c'est toujours comme à l'Académie,

. . . .

La France, hélas ! n'est donc plus qu'un repaire
De plats valets, de bouffons, de menins,
Où . . . . ., en ignoble vipère,
Cuve à loisir ses poisons, ses venins.

Pauvre patrie, ah ! tu meurs d'ignorance,
Tu t'abrutis, ton corps tombe en lambeaux.
Il est éteint, ce grand nom de la France,
Et Loyola danse sur son tombeau.

Aussi, bientôt, le vieux sang de la Gaule,
Sur le fumier des Francs va rajeunir....
Un monde neuf surgit à notre pôle,
D'où resplendit l'ère de l'avenir.

Pour l'annoncer, en ce temps de paresse
Où vit la bête, où l'esprit dort,
N'est-il donc plus ce grand journal la *Presse?*
Il ne vit plus, car Girardin est mort.

Ligugé, avril 1853.

—

A THÉOPHILE GAUTIER.

SUR LES ÉMAUX ET CAMÉES.

Parmi les brochures famées
Qu'avec luxe édita Didier,

Choisissez émaux et camées
Du fin lapidaire Gautier.

Dans son écrin voyez sourire
Ces diamants aux tons divers :
C'est Paros, Carrare ou Porphyre
Taillés, polis, rimés en vers.

Si chaque facette étincelle
Aux coins anguleux du contour,
Marbre ou penser qui vous cisèle?
C'est un burin trempé d'amour.

Statuaire, peintre, ou poète,
Ou digne émule de Mozart,
Note, ciseau, rime ou palette,
Gautier butine dans chaque art.

Grand coloriste, il nous compose
Tout son œuvre du ciel bénit :
C'est le nard, le myrte ou la rose,
C'est de la chair ou du granit.

Parfois les fleurs de ses corbeilles
Feraient pâlir celles des prés :
Elles vous tromperaient, abeilles !
Libellules aux corps dorés !

Réaliste, il trempe sa plume
Dans les tons des peintres vantés :

La couleur de Sienne s'allume
Auprès des micas argentés ;

Les ocres, les bruns et les laques
Peignent ses tableaux variés :
Soit diaphanes, soit opaques,
Ses mélanges sont variés.

Decamps, Diaz, Muller, Couture,
Et voire même Delacroix
N'ont pas de plus chaude peinture.
Le grand Ingres, même ! je crois,

Y perdrait sa ligne d'Apelle
Et ses cadences de crayon,
Tant l'harmonie à flots ruissèle !
Gautier, de ton luth au doux son.

Date lilia plenis.

Ah ! c'est que tu suivis la voie,
Grand élève reconnaissant,
D'un génie humain qui flamboie,
Hugo que nous pleurons absent.

Ecris lui donc en vers de flamme :
Qu'élèves tous, petits ou grands,
De loin nous lui versons de l'âme,
Des pleurs, des lis et de l'encens.

Ligugé, 1853.

CATON.

I.

Dans ton jeune cœur héroïque,
A quinze ans, l'horreur distilla
Devant la parade cynique
Des victimes du noir Sylla.

A l'aspect de ces têtes hâves
Flottant au-dessus des remparts,
Caton s'écrie : « Où sont les braves
» Qui me prêteront leurs poignards ?

» Espérons te délivrer, Rome,
» De ce sanguinaire tyran
» Qui souille à jamais le nom d'homme,
» Et dont le souffle est dévorant. »

II.

Malgré le trouble que Pompée
Excitait plus tard en son cœur,
Caton lui prête son épée
Contre César déjà vainqueur !

A Pharsale, le sort des armes
Te trompa, héros malheureux,

Tu ne pus retenir tes larmes ,
Voyant fuir des soldats peureux.

Mais ta valeur rallie encore ,
Sur le territoire Africain ,
Un bataillon qui se décore
De ce beau nom : Républicain.

Malgré leur sublime courage ,
Ils succombent vaillants soldats ;
Rome préfère l'esclavage ,
Honte et malheur ! tu lui crias :

« Pays flétri, tu fais injure
» A la morale , à la vertu ;
» La lâcheté , tunique impure ,
» Drape ton corps tout corrompu.

» Il ne bat plus dans ton artère ,
» Ce sang vaillant et généreux
» Qui jadis féconda la terre ,
» Sous le drapeau de nos aïeux.

» Adieu donc , chère République ,
» Grand berceau de l'humanité... »
Adieu Platon , je vais d'Utique
Voler vers l'immortalité !..

Ligugé 1853

ADIEU AU LECTEUR.

Adieu, lecteur, sous ta mamelle
Sens-tu couver un peu de feu ?
Conserve bien cette étincelle,
Ce rayon du soleil de Dieu.

C'est le foyer où le poète
Puise quelques brandons d'amour ;
Et c'est le prisme où la palette
Voit le ciel sous son plus beau jour.

C'est la voix pure et fraternelle
De l'immortelle vérité,
Couvrant de sa note éternelle,
Mensonge, erreur, obscurité...

Qui que tu sois qui lis ce livre,
Ne va pas condamner ces vers,
Protége-les et fais-les vivre
Loin des méchants et des pervers.

Pardonne donc à la chimère
D'un rimeur éclos dans les champs,
Qui prit la vérité pour mère,
Et veut lui dédier ses chants.

Ligugé, 1853.

TABLE DES MATIÈRES.

—

FIN

Poitiers. — Imprimerie de N. BERNARD.

266